LETTRE
SUR LE DRAME,

A M. P. . . . .

A AMSTERDAM,
Et se trouve à PARIS,
Chez les Libraires qui vendent les Nouveautés.

M. DCC. LXXIV.

LETTRE
SUR LE DRAME,
A M. P....

Vous espériez, Monsieur, avec les Partisans de l'ancienne Comédie, que le regne du Drame ne seroit pas long, & que le Public ouvriroit bientôt les yeux sur ce genre monstrueux & facile, que des Auteurs sans génie & sans talens s'efforcent d'accréditer pour leur intérêt personnel. L'opiniâtreté des Gens de Lettres à regarder comme un Ouvrage de mauvais goût, cette *Mélanie* tant vantée, que ses Admirateurs ont envain prônée comme un chef-d'œuvre d'Eloquence ; la chûte précipitée des *deux Amis*, du *Fabriquant de Londres* & du *Fils naturel* ; la mort fatale & subite des *Honnête Criminel*, des *Jenneval*, des *Déserteurs*, des *Jean Hennuyer*, & de tant d'autres Productions dramatiques, qui dès le principe de leur existence typographique,

N'ont fait de chez Sercy, qu'un saut chez l'Epicier.

Boileau.

Enfin le *Pere de Famille*, le *Philosophe sans le savoir*, *Eugénie* & *Béverley*, que leurs Défenseurs les plus enthousiastes n'ont pu sauver de la proscription générale; tout cela vous portoit à croire que cette prétendue Comédie qu'on a nommée Drame, alloit incessamment rentrer dans le néant dont elle n'auroit jamais dû sortir: vous vous trompiez, Monsieur.

Un sot trouve toujours un plus sot qui l'admire.

Boileau.

D'ailleurs trop de petits talens étoient intéressés au soutien d'un genre qu'on peut traiter à son aise, sans pâlir sur les grands modeles, dans lequel on peut obtenir des succès, passagers il est vrai, mais suffisans pour la médiocrité, à l'aide de quelques situations attendrissantes, de quelques monologues bien boursoufflés, bien hérissés de grands sentimens philosophiques, sacadés par d'innombrables points, qui ne manquent pas de revenir de trois en trois mots, & bien plus encore à la faveur du talent d'un Acteur, qui, pour peu qu'il ait de goût, d'intelligence & de sensibilité, donne aux phrases les plus lourdes & les plus obſcures, un ſens & une touche dont l'Auteur ne s'étoit pas même douté.

Auſſi les *Pradons* modernes, inſtruits de ces petits avantages, ont-ils bravé la verge de la Critique & la conſtance des ſifflets. Regardant comme une vaine fumée les ſuffrages de la poſtérité dont ils deviendront la fable, ils ont ambitionné ceux de quelques-uns de leurs Contemporains, qui, nourris des mêmes principes, & ayant beſoin des mêmes ſecours, les enivrent à outrance d'un encens de convention, qu'on doit rebrûler en leur honneur.

Il ſemble, en effet, qu'il y ait conſpiration pour le larmoyant contre le comique. Et ne voyons-nous pas tous les jours de petites ligues offenſives & défenſives, par le moyen deſquelles on tâche de perſuader aux ſots, que la ſeule bonne, la ſeule utile Comédie eſt celle de nos jours; que le ſiecle dernier doit le céder en tout à celui-ci, qui eſt le ſiecle philoſophique par excellence *; que les *Moliere*, les *Regnard* n'étoient que des Farceurs, qui n'ont écrit que pour le Peuple; les *Corneille*, les *Racine*, les *Crébillon*, des Auteurs tragiques, de quelque mérite

* Preuve. On lui doit le *Syſtême de la Nature*, le Drame & l'Opéra-comique.

à la vérité, mais qui n'ont ſu tracer que les malheurs des Princes & des Rois ; enfin que tous ces hommes réunis, n'ayant pas, les uns apperçu, les autres oſé ſe livrer au genre *intermédiaire*, au *larmoyant*, au *ſérieux*, à *l'honnête*, au *Drame* enfin, puiſqu'il faut l'appeller par ſon nom, ne peuvent ni toucher ni inſtruire les perſonnes les moins éclairées de ce temps-ci.

Credat Judæus Apella.

Vous le ſavez, Monſieur, on nous l'a prouvé à grands frais, le Drame eſt né de l'impuiſſance ; & ſi ce principe *de nihilo nihil* eſt généralement vrai, le Drame eſt nul.

Examinons ſon origine, les fondemens ſur leſquels il eſt poſé, & comparons-le avec la Comédie.

Moliere & ſes Imitateurs, les Auteurs de Cinna, de Phedre & d'Atrée, nourris de l'étude des Anciens, & puiſant dans le cœur de l'homme, & non dans ſes actions du moment, les principes ſublimes ſur leſquels ſont fondés leurs Ouvrages, écrivoient pour leur ſiecle & pour la poſtérité.

Mais les nouveaux Auteurs Dramatiques *

* Ce mot ne déſigne, dans le cours de cette Lettre, que les Auteurs de Drames ; quant à ceux de Tragédies & de Comédies, ils ſe contenteront du nom de Poëtes.

se sont bien écartés d'une route si pénible : trop foibles pour suivre les traces de ces grands hommes, & trop vains pour se contenir dans le silence, ils ont embrassé un genre proportionné à leur médiocrité. Ils ont armé *Thalie* du poignard de *Melpomene*, & lui ont interdit le langage de la gaieté, pour lui siffler un jargon *Etrusque*, qu'ils n'entendent pas eux-mêmes.

Pressés cependant par les Grammairiens de donner un nom à leur *œuvre*, & d'un côté n'osant prétendre sans quelque pudeur aux lauriers du cothurne, de l'autre n'ayant plus de droits aux *honneurs du comique*, ils ont ainsi raisonné.

Tout Poëme dialogué est un Drame. * Ces mots *Tragédie*, *Comédie*, en expriment les deux seuls genres & y répondent. Le Drame est donc nécessairement ou tragique ou comique ; ôtons les froides épithetes, & conservons le mot qui, resté seul, n'a plus de désignation. Ils dirent, & le nouveau né prit le nom creux de Drame par excellence.

O profondeur de l'entendement humain ! Pouvoient-ils exprimer plus métaphysiquement le néant de leurs Productions ?

* Le Drame tire son nom du mot Grec Δραμα, qui signifie *action*.

Ces Messieurs réclament pourtant une existence ; ils ont recours à l'analyse, & trouvent que leur Drame est le genre intermédiaire.

Dans l'ordre du vrai & du beau, du tragique au comique, quel est le genre intermédiaire? Le Drame, dit-on. Eh bien ! mesurons l'espace, & disons ce qui reste de possessions à ce nouveau genre.

» Le Poëme tragique, dit *la Bruyere*, con-
» duit à la terreur par la pitié, ou réciproque-
» ment à la pitié par le terrible ; vous mene par
» les larmes, par les sanglots, par l'incertitude,
» par l'espérance, par la crainte, par les sur-
» prises, & par l'horreur jusqu'à la catastrophe «.

Ici finit le tragique.

Que la Nature . . . soit votre étude unique,
Auteurs, qui prétendez aux honneurs du comique.
Quiconque voit bien l'homme & d'un esprit profond,
De tant de cœurs cachés a pénétré le fond ;
Qui sait bien ce que c'est qu'un prodigue, un avare,
Un honnête homme, un fat, un jaloux, un bisarre,
Sur une scene heureuse il peut les étaler,
Et les faire à nos yeux, vivre, agir & parler.

Boileau.

La Comédie est donc uniquement la peinture des mœurs. Ce genre n'a point d'especes, mais il a des dégrés.

L'Auteur qui embrasse un caractere général,

qui le médite, qui l'approfondit, qui le traite en grand, a fait un chef-d'œuvre. *Tartuffe* est le Tartuffe de tous les lieux, de tous les temps. Le *Misantrope* & *l'Avare*, tels que le génie nous les a représentés, sont des caracteres citoyens de tous les pays.

Un sujet moins vaste, moins profond, mais général, mais vrai, mais simple & social, qui présente un caractere national à peindre, des nuances à observer, des travers à publier, des foiblesses à gourmander, des scenes enjouées à multiplier, des saillies & des traits heureux à répandre, se place au second dégré. Telles sont les Comédies de *l'Etourdi*, du *Glorieux*, du *Méchant*, &c.

Le troisieme dégré comprend le ridicule pris séparément comme objet principal, & comme ton fondamental de la Piece. Les chefs d'œuvre à ce dégré, sont les Comédies des *Femmes savantes*, des *Précieuses ridicules*, de *l'Ecole des Maris*, & de *l'Ecole des Femmes*.

Viennent ensuite se placer une foule charmante de petites Pieces de différens Auteurs; de petits ridicules bien saisis, bien frappés; des scenes où regnent la bonne plaisanterie, la vraie gaieté, & où l'esprit pétille à côté de la nature.

Le *Retour imprévu*, le *Médecin malgré lui*,

l'*Avocat Patelin*, &c. s'offrent gracieusement à ma mémoire.

Ici finit la Comédie.

Maintenant, Messieurs, placez votre Drame, & tracez votre intermédiaire.

Vous emparez-vous de l'étendue qui regne entre le tragique & le comique; & là, vous glorifiez-vous d'avoir jetté les fondemens d'un nouvel édifice ?

Aimez-vous mieux marier avec art les deux genres, pour en composer le vôtre ?

Mais, d'un côté, ainsi qu'en saine Physique, le vuide n'est plus un problême en saine Littérature. Il est admis & démontré depuis long-temps par le bon goût, qu'il existe entre le tragique & le comique: *nec ultrà, nec infrà*. Telle est l'inscription que les Auteurs du Cid & du Misantrope ont gravée au bout de leur carriere.

D'un autre côté, l'assemblage d'une belle tête de femme & d'une longue queue de poisson, n'a jamais représenté qu'un monstre.

Expliquez donc vos vues & vos prétentions. Ou vous entendez par votre intermédiaire, un genre nouveau découvert entre le tragique & le comique, & vous flottez dans le vuide; ou vous entendez un composé des deux seuls genres qui puissent réellement exister; & ce composé n'eſt autre choſe que l'ancienne Tragi-comédie, vieux monſtre proſcrit depuis ſi longtemps ; alors vous devenez monſtrueux. Choiſiſſez, ſi vous l'oſez.

La Comédie va droit au vice, le ſaiſit, l'entraîne au grand jour, & le préſente ſous toutes ſes faces ; elle épuiſe le caractere qu'elle a choiſi, elle le met en action, elle préſente l'homme à l'homme.

Le Drame préſente le crime au lieu du vice, & n'inſpire que de l'horreur. Il ne met pas un caractere en action, mais une ou pluſieurs actions en autant de caracteres qu'il a de tirades à diſtribuer.

La Comédie n'a qu'un trait, qu'un reſſort, qu'une ame pour aller à ſon but.

Le Drame en a mille pour viſer au ſien, & n'y frappe jamais, parce qu'il ſe propoſe d'inſtruire.

L'une eſt un caractere regnant ;

Mens agitat molem.

l'autre eſt un recueil de converſations. C'eſt là que bien ou mal, on a droit de tout dire.

Expliquons le raiſonnement par les ſenſations, & paſſons des cauſes aux effets.

Rappellez-vous, Monſieur, l'impreſſion que fait au Théâtre la Piece du *Miſantrope*. Ce Perſonnage m'affecte de ſa miſantropie. Que les Interlocuteurs s'entretiennent en ſon abſence, je ne penſe qu'à *Alceſte*, je ne vois qu'*Alceſte* : à tout ce qu'on dit, à tout ce qu'on fait, je me dis à moi-même : que va penſer, que va répondre *Alceſte ?* C'eſt alors que la morale eſt vraiment en action, c'eſt alors qu'elle triomphe ; & ſi je ſuis honnête homme, je ſors Miſantrope.

Comparez cette ſenſation avec celle que produit le meilleur Drame. Il eſt toujours lent & diffus ; & comme il n'a jamais d'objet fixe, l'attention ſe fatigue inutilement à débrouiller le dédale des moyens qu'il met en œuvre pour faire agir ſa machine ; mais on eſt tout-à-fait dégoûté, quand on vient à s'appercevoir que, pour déterminer ſes mouvemens, il lui faut des portes, des tables, des fenêtres, des trictracs, des clavecins, des armoires, des commodes, enfin tous les meubles de l'appartement.

Ces petites reſſources ſont communes à tous les Drames ; car ils ont entr'eux une reſſemblance ſi parfaite, qu'on les croiroit tous calqués ſur un même protocole.

Plaçons-nous au Théâtre, & voyons un Drame.

La toile ſe leve, & les Acteurs, pour remplir les premieres ſcenes, viennent décliner leurs noms, & donner au Public leurs qualités & leurs adreſſes ; & le tout ſe paſſe ſi bien, qu'à la fin du premier acte, on ne ſait pas un mot du ſujet.

Le ſecond ſe paſſe tout entier en clameurs, en plaintes, en tendres accords d'une amoureuſe flamme, en projets politiques, ou en conſeils moraux.

Le troiſieme eſt le conflit des ſentimens & des intérêts du *Peuple* de la ſcene.

Le quatrieme embrouille les affaires, entaſſe les incidens, amene des évanouiſſemens, des cliquetis d'armes, prépare la chûte théâtrale, & ſur ſa fin éloigne un peu l'idée tragique d'une cataſtrophe ſanglante.

Le cinquieme Acte enfin, en cherchant à reſſembler en un point à la Tragédie qui mene à la pitié par la terreur, mene à l'ennui par la pitié.

D'après ce tableau vrai aux yeux des déſintéreſſés, il eſt facile de s'appercevoir que le genre larmoyant n'eſt qu'un métier où il faut plus de force que d'adreſſe, plus de routine que d'eſprit, & que le genre comique eſt un art inacceſſible à la médiocrité, & le vrai triomphe du génie.

Je dirai plus, & je le dirai hautement. Une ſcene burleſque où des Acteurs barbouillés de lie exprimeront même le plat & le bouffon, l'emportera toujours fur un Drame tiffu de fcenes découpées & long de cinq Actes.

Vous obferverez, Monfieur, que pour le foutien du genre prefque tous les Drames qui paroiffent font précédés d'une Préface apologétique; dans laquelle on cherche à démontrer l'avantage & l'utilité de la Comédie larmoyante par des raifonnemens qui voudroient être convaincans, & qui ne font pas même captieux. Ceux qui ne font point précédés font fuivis d'effais, difcours ou traités qui tendent au même but.

L'Auteur du *Pere de Famille*, par exemple, a fait imprimer à la fuite de cette Piece un difcours fur l'art dramatique, que quelques enthoufiaftes ont prôné comme la vraie poëtique du Théâtre *, & que les jeunes gens qui s'y deftinent doivent bien fe garder de confulter.

Latet anguis in herba.

Dans ce difcours, qui paroît n'avoir été entrepris que pour foutenir le *Pere de Famille* & le

---

* Ouvrez la Préface d'*Eugénie*, où l'on appelle ce difcours un ouvrage admirable, & fon Auteur un grand Poëte; ouvrez fur-tout le nouvel Effai fur l'Art Dramatique, où on l'appelle la meilleure des Poëtiques.

Seigneur, j'admire en vous des qualités pareilles.
La Fontaine, Fab. V, Liv. XI.

genre en général, l'Auteur, qui ne recommande pas une ſeule fois l'étude de la Comédie, parle ſans ceſſe du genre honnête & ſérieux : il en fait l'analyſe ; il en combine les caracteres, il en calcule les forces, il le vante, il l'exalte, en un mot il ne veut que lui.

» L'honnête, l'honnête, répéte-t-il, il nous » touche d'une maniere plus intime & plus douce » que ce qui excite notre mépris & nos ris. «

Je crains bien qu'à force d'être toujours honnête ; ſans être jamais gai, (car l'Auteur de ce diſcours ne veut pas abſolument qu'on le ſoit) on ne produiſe, ſans s'en appercevoir, l'effet que *Boileau* ſemble avoir prédit à nos Auteurs Dramatiques.

Vos froids raiſonnemens ne feront qu'attiédir
Un Spectateur toujours pareſſeux d'applaudir,
Et qui des vains efforts de votre réthorique
Juſtement fatigué, s'endort ou vous critique.

Mais enfin pourquoi tant répéter, l'honnête ? Un Etranger qui ne connoîtroit pas notre Théâtre, & qui liroit ce paſſage, ne ſeroit-il pas en droit de penſer qu'avant d'être *enrichie* des *Eugénie*, des *Beverley* & des *Pere de Famille*, la Scene Françoiſe n'avoit que des Farces ? Eh quoi ! doit-on regarder le *Tartuffe*, les *Femmes Savantes*, l'*Ecole des Maris*, le *Joueur*, le *Diſ-*

trait, le *Philosophe marié*, le *Glorieux* comme n'étant point du genre honnête, parce que ces Comédies sont gaies ? Et pour être honnête faut-il donc être triste ? Si cela étoit, il faut l'avouer, personne plus que l'Auteur du *Fils naturel* n'auroit de droit à ce titre.

L'honnête est-il mis ici pour le sérieux ? Et prétendroit-on que le sérieux touche d'une maniere plus intime & plus douce que ce qui excite le mépris & les ris ?

Quand on avance un paradoxe, il faut au moins qu'il soit spécieux, & ne pas s'exposer platement au reproche d'avoir voulu renverser tous les principes reçus, & contredire les axiomes les plus vrais.

Ridiculum acri
Fortius ac melius magnas plerumque secat res.

Je n'employerai d'autre réponse que cette pensée d'Horace : elle est fondée sur l'expérience ; elle sera de tous les temps, de tous les pays ; &, j'ose l'avancer, aucun passage de l'Antiquité n'a un rapport plus immédiat avec le génie François.

Je remarquerai encore que la petite Comédie des *Précieuses ridicules* a fait plus de conversions durables, si je puis m'exprimer ainsi, que tous les Drames *de la Chaussée* n'ont produit d'émotions passageres.

« Ces

» Ces hommes, dit *Pope*, qu'épargnent le » glaive des Loix, le ministere de la Religion » & les arrêts du Trône, sont frappés & confon- » dus par le ridicule *seul.* « O ridicule, s'écrie- » t-il encore; ô glaive sacré, égide de la vertu, » *seule terreur* de la folie, du vice & de l'in- » solence! *

Cet homme célebre, l'honneur de la Littérature Angloise, étoit trop plein de l'étude de ses Maîtres, c'est-à-dire des Anciens, pour penser autrement. *Boileau*, *Moliere*, *la Fontaine*, & tous les grands hommes du siecle dernier pensoient comme lui; & ce n'est que par l'impuissance de manier le ridicule, qui, comme dit encore *Pope*, n'est remis qu'à des mains choisies par le Ciel, que depuis une vingtaine d'années on a affecté de mépriser cette arme victorieuse, & qu'on lui a préféré cette plate

---

* Ceci ne s'accorde pas beaucoup avec le passage suivant, tiré, non des *Précieuses ridicules*, mais de la Préface d'*Eugénie*. » L'arme légere & badine du sar- » casme n'a jamais décidé d'affaires, elle est seulement » propre à les engager, & tout au plus permise contre » ces poltrons d'Adversaires, qui, retranchés derriere » des monceaux d'autorités, refusent de prêter le collet » aux Raisonneurs en râse campagne «. Quelle per- fection de style! & sur-tout quelle vérité!

bouffiſure, cette emphâſe pédanteſque qui affadit le cœur en étourdiſſant les oreilles.

Si on peut s'en rapporter aux autorités reſpectables que je viens de citer, que penſer de ce qu'ajoute, en ſuivant toujours ſon ſyſtême dramatique, l'Auteur du *Fils naturel ?*

» Là, dit-il, en parlant de la Comédie, le » méchant s'irrite contre des injuſtices qu'il » auroit commiſes, compâtit à des maux qu'il » auroit occaſionnés, &c. mais l'impreſſion eſt » reçue, elle demeure en nous, malgré nous, » & le méchant ſort de ſa loge, moins diſpoſé » à faire le mal «.

Je ne répondrai à cette aſſertion que par un fait dont j'atteſte la vérité.

A une repréſentation de *Béverley*, ce Drame atroce & barbare qu'on nous a apporté de Londres, & qu'une imagination riante a enrichi de nouvelles noirceurs ; j'étois au Parterre à côté d'un homme de quarante ans à-peu-près, que la mort de *Béverley* ſembloit affecter beaucoup, & qui verſoit de temps en temps quelques larmes : je le croyois très-vivement pénétré de la leçon qu'il venoit de recevoir, & j'allois commencer à ſoupçonner que le Drame pouvoit être de quelque utilité : la toile ſe baiſſe, tout-à-coup les larmes de mon homme ſe sèchent, & je l'entends dire froidement à un de ses voisins : ils ont beau faire ; ils ne m'empêcheront pas d'aller de ce pas à l'Hôtel d'Angleterre *.

Si un Drame devoit corriger par l'horreur, c'étoit, sans contredit, *Béverley* : puisqu'il a manqué son effet, qu'on juge des autres.

On dira, sans doute, que ce fait est une exception dont on ne peut tirer aucun résultat, & on aura tort. Ce n'est pas avec des phrases boursoufflées, des situations déchirantes, & des effets prétendus tragiques qu'on peut forcer le François à se corriger ; on employera toujours ces moyens inutilement : mais, je le répete, qu'on le frappe de la verge du ridicule, & on le verra succomber.

Auteurs, qui aspirez aux honneurs de la scene Françoise, étudiez l'esprit de la Nation pour laquelle vous voulez travailler ; c'est le seul moyen de réussir.

Inventez des ressorts qui puissent l'attacher.

Boileau.

Mais si vous ne pouvez vous soumettre à cette étude, si votre génie débile ne peut porter

---

* Fameuse Académie de jeu, rue S. Honoré, à côté du Caffé Dupuis.

ſon vol plus haut que le comique larmoyant ; abandonnez notre Théâtre ; portez ſur celui de *Drury Lane* vos farces lugubres & dégoûtantes ; allez préſenter à des cerveaux fumeux, à des yeux Anglois, accoutumés à de pareilles atrocités, le ſpectacle horrible d'un pere levant le poignard ſur le ſein de ſon fils, pour l'arracher à la miſere dans laquelle il l'a plongé lui-même, & qui, forcé par les mouvemens de la Nature à quitter ſon affreux projet, n'a pas le courage de vivre, pour tâcher au moins d'adoucir les maux dont il a accablé ſa famille. Fuyez, & n'eſpérez jamais, malgré tous vos efforts, pouvoir ſubſtituer aux chefs-d'œuvre de la ſcene Françoiſe, ces Productions funeſtes, dont le moindre défaut, après celui d'être le refuge de la médiocrité, eſt de révolter le Spectateur le moins délicat.

Envain voudroit-on m'objecter ce que les Défenſeurs du Drame ont avancé en ſa faveur ; envain répeteroit-on, après eux, que ce genre étant dans la Nature, & nous offrant le tableau des malheurs & des crimes de nos ſemblables, doit affecter davantage que la Tragédie, & être plus utile que la Comédie.

1°. Il eſt faux que la Tragédie affecte moins que le Drame. 2°. Il eſt de toute certitude qu'elle éleve bien plus les ames.

La ſphere où les Auteurs tragiques ſont obligés de placer leurs perſonnages, leur communique une certaine grandeur, qui, en rendant leurs crimes moins horribles, rend leurs vertus plus admirables. Ouvrez *Rodogune*, *Britannicus*, *Electre*, *Mahomet*, & vous en aurez la preuve.

Le Drame, au contraire, préſente le crime avec toute ſa difformité : les petits intérêts qui y font agir un ſcélérat, dégoutent le Spectateur ſans l'émouvoir ; & ce grand étalage de vertu *Catonique*, que font ſans ceſſe des Perſonnages ſubalternes, eſt tout-à-fait ridicule dans leur bouche, & manque l'effet qu'il vouloit produire. On peut convenir qu'on y trouve quelquefois d'aſſez belles choſes,

Sed non erat his locus.

Quant à l'avantage du Drame ſur la Comédie, pour raiſon de l'utilité, il n'y a qu'un Auteur de ce genre, égaré par ſon amour pour ſes Productions, qui ait pu avancer une aſſertion auſſi fauſſe. Otons au Drame toutes ſes horreurs, & ne lui laiſſons que ſes converſations morales, ſes grands ſentimens, il ne fera encore aucun effet, parce que, pour engager l'homme à fuir le vice, il faut non-ſeulement lui préſenter le tableau de la vertu, mais auſſi celui du vice ridiculisé & offert au mépris public : je dis du vice, parce que le Théâtre peut corriger les gens vicieux, & non punir les criminels. La scene Françoise n'est point un échafaud.

Ecoutons parler *Rousseau*, cet homme illustre & infortuné que l'envie poursuit, même trente ans après sa mort, & qui, malgré les cris de nos prétendus Philosophes & des petits Rimeurs qui répetent leurs anathêmes, sera toujours regardé comme un des plus grands hommes de notre Littérature, & comme le seul Lyrique François.

Manibus dabo lilia plenis.

Voici comme il s'exprime dans son Epitre à Thalie.

L'Art n'est point fait pour tracer des Modeles,
Mais pour fournir des exemples fideles
Du ridicule & des abus divers
Où tombe l'homme en proie à ses travers.
Quand tel qu'il est on me l'a fait paroître,
Je me figure assez quel je dois être,
Sans qu'il me faille affliger en public
D'un froid sermon passé par l'alembic.

Et plus loin, il ajoute :

N'allons donc plus, déserteurs de nos peres,
Sacrifier à nos propres chimeres ;
Et sans risquer un honteux démenti,
Tenons-nous-en, c'est le plus sûr parti,
Au droit chemin tracé par nos Ancêtres.

Tel méprisant l'exemple de ses Maîtres,
Dans son idée en croit être plus grand,
Qui, dans le fond, n'en est que différent.

Et, disons-le, c'est la manie de vouloir innover, qui a égaré la plus grande partie des Auteurs de ce siecle; c'est cette manie trompeuse qui, loin de les conduire à la gloire, les a menés droit au ridicule. Ces demi-connoisseurs, ce fléau du goût & de la raison, ont achevé de les perdre, en flattant leurs caprices. Peut-être, si dans le principe de leurs égaremens on n'eut point applaudi leurs idées bisarres, fussent-ils devenus des Littérateurs estimables, mais malheureusement,

Ainsi qu'en sots Auteurs,
Notre siecle est fertile en sots Admirateurs.
Boileau. *

Il me seroit facile d'accumuler les citations en faveur de la Comédie, si elle avoit besoin

* Montrer du respect pour les grands hommes des siecles d'Auguste & de Louis XIV; se servir de leurs propres armes pour combattre leurs ennemis; garder, avec quelque scrupule, les loix & les usages du temps; joindre à cet honnête caractere les principes sûrs d'une morale sévere & éclairée, sont des défauts qu'un Philosophe du dix-huitieme siecle ne pardonne jamais....

.... *Tantæ ne animis cælestibus iræ.*

de ſecours pour être ſoutenue, mais ce ſeroit la deshonorer que d'employer pour elle de trop violens efforts. Qu'on liſe *Moliere*, & elle triomphe ; voilà ſon plus ferme appui. *

Je ne puis pourtant me diſpenſer d'en faire ici deux qui ſeront les dernieres.

Dans la Comédie des *Thirinthiens*, *Ariſtophane* dit,

Ne vous y trompez pas, il n'eſt qu'une Thalie,
Qui ne doit reſpirer que les ris & les jeux,
Que la ſatyre & l'ironie.
L'allégreſſe *jamais* n'en doit être bannie.
On a gâté ſon genre en la faiſant pleurer ;
Et je ne ſais comment, ni par quelle manie
A cet appât ſi faux on s'eſt laiſſé leurrer.

Ce paſſage eſt clair, je penſe ; on y loue la Comédie ; on y blâme le genre *pleureur* : &

---

* On doit à MM. les Comédiens des éloges, pour leur délibération de ne plus faire repréſenter Moliere, que par les meilleurs Acteurs. Les honneurs qu'ils rendent à ce grand homme, prouvent en même temps, & qu'ils connoiſſent tout ſon mérite, ce qui devient tous les jours plus rare, & qu'ils ſont dignes de leur ſublime Inſtituteur. Ma voix eſt bien peu de choſe ; mais c'eſt avec le plus grand plaiſir que je la joins ici à celles qui ſe ſont déja élevées, pour leur rendre, à cet égard, la juſtice qui leur eſt due.

quel eſt l'homme qui le blâme, le ſeul Dramatique qui ait conſervé la décence théâtrale, le ſeul dont les Ouvrages pouvoient arrêter la chûte du Drame, *ſi Pergama dextrâ deffendi poſſent*, la Chauſſée enfin.

Ses Drames, en effet, ne ſont point mépriſables en eux-mêmes; ils ſont remplis de mérite, & je ſuis fort éloigné de les confondre dans la tourbe monſtrueuſe de ceux dont nous ſommes accablés depuis ſa mort; mais, comme dit M. *de Chaſſiron*, dans ſes excellentes Réflexions ſur le comique larmoyant: » Tout l'art eſt inutile, » quand le genre eſt vicieux par lui-même, c'eſt-» à-dire, lorqu'il n'eſt point fondé ſur ce vrai » ſenſible & univerſel, qui parle en tous les » temps, comme à tous les eſprits «.

La ſeconde citation ne tranche pas moins la difficulté.

» L'Académicien de la Rochelle *, dit M. *de* » *Voltaire*, condamne, avec raiſon, tout ce » qui auroit l'air d'une Tragédie bourgeoiſe. En » effet, que ſeroit-ce qu'une intrigue entre des » hommes du commun? Ce ſeroit avilir le » cothurne; ce ſeroit manquer à la fois l'objet » de la Tragédie & de la Comédie; ce ſeroit

* M. de Chaſſiron.

» une espece bâtarde, *un monstre né de l'im-*
» *puissance* de faire une Comédie & une Tra-
» gédie véritables «.

Remarquez, Monsieur, que c'est M. *de Voltaire* qui parle ainsi, c'est-à-dire, l'Auteur de l'*Ecossaise*, de l'*Enfant prodigue* & de *Nanine*.

Ce seroit peut-être ici le lieu de répondre à la multitude de blasphêmes littéraires qui sont répandus dans un nouvel *Essai sur l'Art dramatique*, qu'on débite clandestinement sous le manteau depuis quelque temps : mais je n'ai point entrepris une tâche aussi rigoureuse, & ce seroit trop honorer son Auteur que d'y faire plus d'attention qu'il ne mérite. Le mauvais goût porté à son comble, tout le délire de la folie, & la rage la plus impuissante semblent avoir présidé à la confection de cet Ouvrage, écrit tout entier de ce style si bien ridiculisé dans la Comédie des Précieuses. Jugez, Monsieur, de ce que j'avance par une seule phrase que je vais transcrire.

» Moliere revenant au monde en 1773, n'au-
» roit plus certainement la même gaieté; il ne
» pourroit rire au milieu d'une Nation qui n'a
» plus sujet de rire; les deux muscles de la
» bouche, nommés *zigomatiques*, encore souples
» de son temps, sont aujourd'hui paralisés chez

» tous les François ; ils sont devenus sérieux, &
» l'on sait pourquoi Moliere revenant aujour-
» d'hui, feroit, *à coup sûr*, un meilleur Misan-
» trope «.

Permettez-moi, Monsieur Trissotin, de vous dire,
Avec tout le respect que votre nom m'inspire,

que Moliere pourroit donner beaucoup plus de motifs à la misantropie d'Alceste ; & c'est ne faire ni votre éloge, ni celui de votre siecle, mais *qu'à coup sûr*, il ne feroit pas un Ouvrage plus sublime.

Malgré ma répugnance, je suis pourtant forcé, pour justifier le mépris que m'inspire cette abominable diatribe, de rapporter quelques-unes des injures qui en font l'essence.

On y traite *Malherbe* de malheureux, de triste faiseur d'Odes ; *Rousseau* d'Ecrivain possédant peu d'invention & d'étendue dans l'esprit, & qui n'avoit l'ame, ni assez sensible, ni assez *belle* pour sentir les *beaux* développemens du Drame. *Boileau*, de Précepteur froid, sans élan, sans verve, sans chaleur, d'ame mesquine & plus perfide que vigoureuse, &c. * Enfin l'Au-

* Sans parler du texte, il y a une note consacrée entierement à cet amas d'horreurs, que l'Auteur a

teur qui osa imprimer, il y a quelques années, dans une Préface placée en tête d'un Drame bien lugubre & bien atroce, que *Corneille* devoit naître en Angleterre, & qu'on avoit perdu jusqu'au droit de l'admirer, daigne aujourd'hui devenir son admirateur pour l'opposer à *Racine*, & abaisser ce dernier qu'il taxe d'avoir employé de l'esprit à la place du génie. Aussi bon plaisant que Pradon son Confrere, » Athalie, dit-il, » a de sa pompe, de l'intérêt, de la majesté ; » mais pour bien en goûter toutes les beautés, » *j'avoue qu'il faut être un peu Juif* «.

Ah ! de l'esprit partout ! cela ne tarit pas.

Moliere.

Je m'arrête, Monsieur, le livre me tombe des mains, & je ne puis porter plus loin des citations dont je m'étonnerois peu qu'on soupçonnât la fidélité, tant elles sont incroyables.

Lorsque cet Ouvrage parut, quelques petits Dramatiques crierent à l'envi, *bravo*, & le louerent autant qu'ils avoient loué autrefois le discours de l'Auteur du Pere de Famille, & cela n'a rien qui surprenne.

Qui Bavium non odit, amet tua Carmina, Mœvi.

---

vomies *pour soulager son cœur.* Ce sont ses paroles.

Morbleu ! je ne veux plus parler
Tant.....
Moliere.

De leur côté, les Partiſans de la ſaine Littérature frappés de l'audace du *Zoïle.*— Qui êtes-vous ? Et quel eſt donc, lui ont-ils dit, en cherchant à le démaſquer, l'intérêt qui peut vous engager à être le Détracteur de tant d'Ecrivains illuſtres ?

Retournez-vous, de grace, & l'on vous répondra.
La Fontaine, L. V, Fable V.

Trop prudent pour ſe faire voir au grand jour, & pour montrer ſa turpitude, il a voulu conſerver l'anonyme ; mais ô revers !

Un petit bout d'oreille échappé par malheur

a fait reconnoître l'homme, & chacun de s'écrier en riant, à qui mieux mieux.— Ah ! ah ! vous n'avez point de queue !

Après cela, Docteur, vas pâlir ſur la Bible.
Boileau.

Je pourrois, Monſieur, après avoir prouvé la nullité du genre, vous démontrer par l'analyſe, que les Drames les mieux accueillis du Public ne ſont pas même ſupportables aux yeux du goût : je pourrois faire voir comme quoi le *Pere de Famille* & *Eugénie* ne ſont qu'un tiſſu d'énigmes, un aſſemblage ridicule d'incidens entaſſés ſans vraiſemblance, de ſentences dites & redites, de jeux d'épées, & de coups de Théâtre mal amenés : comme quoi il n'y a nulle Philosophie dans le *Philosophe sans le savoir* ; & que s'il y a du naturel, il ressemble parfaitement à celui que *la Bruyere* craignoit qu'on n'introduisît sur notre scene, comme un Laquais qui siffle ; un malade ; &c. Je pourrois convaincre l'Auteur de cette Piece, que *Boileau* lui avoit dit longtemps avant qu'il écrivit :

Soyez plutôt Mâçon, si c'est votre talent.

Je pourrois enfin dire à nos Dramatiques, & ce qu'ils sont, & ce qu'ils ne sont pas, mais je ne crois pas devoir l'entreprendre. Je me souviens d'avoir vu aux Petites-Maisons un Fou qui disoit à tout le monde qu'il étoit le Pere Eternel, & je me rappelle très-bien que personne ne s'arrêtoit à lui prouver le contraire. J'en agirai de même avec ces Messieurs ; c'est, je crois, le seul parti qu'il y ait à prendre.

Je dirai seulement deux mots du *Vindicatif*, le premier caractere décidé que le Drame ait présenté sur notre Théâtre, & ce n'est que par ce côté qu'il peut fixer un moment l'attention.

L'Auteur se plaint dans sa Préface, de ce que *son caractere ayant révolté le Public, il périssoit victime de l'indignation que le Vindicatif excitoit.*

Je le crois, il en avoit fait un Drame : les

grands Tragiques que j'ai eu la hardiesse de citer, & un Poëte Comique, n'ont rien à craindre de pareil, en traitant un caractere.

» Le Public, ajoute-t-il, a accueilli mon » Ouvrage avec indulgence «.

Le Public ! Eh ! Monsieur du *Vindicatif*, voudriez-vous vous exprimer comme M. Toutabas ?

Nombre d'honnêtes gens, Fiacres, Porteurs de chaises.

Le Public n'est pas le même pour un Charlatan monté sur les tréteaux de la Foire, & pour un Auteur qui fait représenter sur le Théâtre de Moliere.

M'est-il permis de faire ici une courte observation ?

Il y a déja longtemps que les Auteurs Dramatiques cherchent à se rendre despotes. C'est à la pointe de l'épée, & aux cris des invectives, que les sots en cabale, soutiennent les torts de la sottise : l'envie même n'est pas un de leurs motifs, jugez de l'ignominie de ceux qui les animent.

Peut-être, dit encore l'Auteur du Vindicatif, me pardonnera-t-on de faire quelques questions aux Détracteurs du Drame.

Détracteurs ! le terme est impropre ; on ne dit point Détracteurs du vice, si ce n'est, *peut-être*, dans un siecle philosophique.

Vient ensuite une profonde métaphysique, où l'on découvre, *assez à propos du Drame*, que le mauvais genre est celui dont il ne résulte rien.

Pour tâcher d'appuyer son système sur des autorités respectables, le Dramatique a transcrit en fin de sa Préface, un passage de l'Epitre dédicatoire de *Dom Sanche d'Arragon*, Comédie héroïque du grand *Corneille* *. Ce passage semble annoncer effectivement que l'Auteur de *Cinna* a connu le genre intermédiaire, mais ne prouve encore rien en sa faveur, puisque *Corneille* n'a jamais, même en l'approuvant, travaillé dans ce genre trop au-dessous de son génie, pour qu'il daignât s'y livrer. Pourquoi d'ailleurs consulter le Corneille d'*Arragon*? Consultons celui des

* Quoiqu'aucun des Drames de *Corneille* ne ressemble à une Tragédie bourgeoise, néanmoins, comme il paroît approuver ce genre, un suffrage tel que le sien pourroit entraîner bien des esprits. Il n'est donc pas inutile d'observer qu'à l'amour de la gloire qui embrâsoit son ame, l'Auteur de *Polyeucte* joignoit un desir immodéré de plaire à ses Contemporains, qu'il sacrifioit souvent à ce desir, & qu'il *hazardoit*, comme il le dit lui-même dans l'Epitre citée par l'Auteur du Vindicatif, *non tam meliora quam nova*, dans l'espérance de mieux divertir.

Horaces & du Cid *, & n'allons pas, dans nos hommages, reſſembler

Au Poëte ignorant,
Qui de tant de Héros va choiſir Childebrand.

Mais quittons cette ennuyeuſe Préface, & paſſons à l'examen du tourbillon des caracteres de la Piece.

Qu'eſt-ce que le premier, c'eſt-à-dire, celui qui a donné ſon nom à l'Ouvrage?

Un homme atroce & noir, & peut-être le premier qui ait paru ſur la ſcene, criminel pour le crime: un frere qui médite la ruine de ſon frere au milieu de ſes embraſſemens; un miſérable qui diſtile goutte à goutte le fiel de la jalouſie dans le cœur d'un infortuné qui n'a d'autre tort que d'avoir accepté ſes bienfaits; un ſcélérat enfin, qui, pour conſommer ſa vengeance, ne craint point d'employer des moyens que le glaive de la Juſtice peut ſeul expier.

O François! avez-vous donc beſoin de ces affreux exemples, inconnus à la barbarie même? & ne peut-on plus vous offrir que le tableau des crimes & des plus noirs attentats?

Le ſecond, quel eſt-il?

---

* Qui n'eſt point un Drame, quoi qu'en diſe l'ingénieux Auteur de l'Eſſai ſur l'Art Dramatique.

Un jeune insensé qui s'irrite sans sujet ; un jaloux imaginaire ; un furieux, qui, tenant entre ses bras une épouse palpitante & évanouie, qu'il ne peut tout au plus que soupçonner, jouit à longs traits du désespoir qui la déchire ; un frénétique plus cruel, à mon sens, qu'un frere qui ourdit froidement sa vengeance contre un frere.

L'un & l'autre sont des monstres qu'il est dangereux de réunir sur la scene, & qu'on ne doit offrir, même séparément, qu'avec bien de l'art, bien du ménagement, à des Spectateurs pour qui *Moliere* a tracé le caractere du *Tartuffe* *.

Qu'est-ce qu'un Lord Dély, dont on a voulu faire un honnête homme? Ce n'est qu'un froid Raisonneur qui manque à ses principes au moment où il vient de les étaler.

Doit-on parler du Pere, qui, pour dénouer la Piece, vient tout exprès donner une audience criminelle ?

Parlera-t-on du Bailli privilégié, des Témoins, des Archers, enfin de toute cette charge dégoutante ramassée sur le Théâtre Anglois **.

---

* Tartuffe en Drame seroit peut-être ce qu'il y auroit de plus monstrueux sur la scene, après le Vindicatif.

** Il n'appartenoit qu'au Drame de faire un coup de Théâtre d'une capture ignominieuse.

Une épouse sensible & sage, vertueuse sans orgueil, & tracée, à-peu-près, selon les principes d'Elmire *, est la seule nuance de caractere qui occupe agréablement à la représentation de cette Piece; je dis à la représentation, car à la lecture, on ne voit rien de ce que la magie du jeu présente, non pas de flatteur, mais de supportable; & si jamais la tranquillité du cabinet fut fatale à un Drame, c'est à celui-ci.

Je ne vous ferai point, Monsieur, l'analyse de la Piece; envain on voudroit l'entreprendre: ce ne sont que des scenes détachées, sans suite, sans liaison, des situations révoltantes, des clameurs, des fureurs, des tirades à prétention, des réflexions prétendues morales, le tout écrit d'un style lâche & estropié qui fait abandonner à chaque instant la lecture de l'Ouvrage, dont le fonds n'appartient point à l'Auteur **.

* Voyez le Tartuffe.

** Le fonds de cette Piece, à l'exception du caractere du Vindicatif, & de quelques circonstances des rôles de Dély & de Sir James, est pris tout entier dans l'Histoire de Fanny & de Montrose, tirée elle-même de l'Orpheline Angloise, & insérée dans le septieme volume de la Bibliotheque de Campagne. Les deux derniers actes y ont été copiés à la lettre. Le Dramatique qui dit tant de belles choses dans sa Préface, auroit bien dû y

Qu'il vous suffise de savoir que les motifs qui animent le *Vindicatif*, sont les mêmes, en partie, que ceux qui portent *Atrée* à la vengeance, & qu'ils sont beaucoup plus atroces.

Et c'est avec de pareilles drogues, avec d'aussi plates élucubrations qu'on espere faire oublier l'Auteur de l'Avare : c'est pour ces horribles Productions qu'on écrit de gros volumes, dans lesquels on paroît avoir fait divorce avec le sens commun.

Risum teneatis, amici.

Je ne puis finir cette Lettre sans vous communiquer une réflexion qui revient souvent à mon esprit.

Par quelle fatalité le Drame semble-t-il conduire à la politique, ou la politique au Drame? J'avois cru jusqu'ici ces deux genres incompatibles; cependant nous avons vu quelques-uns de nos Dramatiques passer sans pudeur de l'un à l'autre.

---

faire mention de l'Ouvrage auquel il a tant d'obligation, il y auroit eu au moins de l'honnêteté dans son procédé.

Il est assez de Geais à deux pieds comme lui,
Qui se parent souvent des dépouilles d'autrui.

La Fontaine.

L'un groſſit une mauvaiſe Traduction de notes qui n'y ont preſqu'aucun rapport, mais dans leſquelles il veut régenter les Rois ; l'autre dans un Code, *qu'il appelle*, de la Nature, releve les fautes des Légiſlateurs, & leur apprend ce qu'ils auroient dû faire ; un autre enfin, dans un Ouvrage également déſavoué par la raiſon, par l'eſprit, & par le cœur, & qu'il a daté d'un temps où, grace à la Philoſophie moderne, la France ſera peut-être retombée dans la barbarie des premiers ſiecles, fronde tous les uſages, renverſe tous les établiſſemens pour y en ſubſtituer d'autres qui ne prouvent que la fécondité du délire.

Il ſemble à trois Gredins, dans leur petit cerveau,
Que pour être imprimés & reliés en veau,
Les voilà dans l'Etat d'importantes perſonnes ;
Qu'avec leur plume ils font le deſtin des Couronnes.

Scene III du IVe. Acte des Femmes Savantes.

Voilà ce que diſoit dans le ſiecle dernier, ce *Moliere*, cet homme divin, dont nos *Lycophrons* modernes rougiroient de ſuivre les traces, & qui les avoit devinés cent ans avant leur exiſtence.

J'ai l'honneur d'être, &c.

FIN.

www.ingramcontent.com/pod-product-compliance
Ingram Content Group UK Ltd.
Pitfield, Milton Keynes, MK11 3LW, UK
UKHW020420220726
13923UKWH00005B/2064